葉莎 著

葉莎截句

截句詩系 05

臺灣詩學 25 週年　一路吹鼓吹

【總序】
與時俱進・和弦共振
——臺灣詩學季刊社成立25周年

蕭蕭

　　華文新詩創業一百年（1917-2017），臺灣詩學季刊社參與其中最新最近的二十五年（1992-2017），這二十五年正是書寫工具由硬筆書寫全面轉為鍵盤敲打，傳播工具由紙本轉為電子媒體的時代，3C產品日新月異，推陳出新，心、口、手之間的距離可能省略或跳過其中一小節，傳布的速度快捷，細緻的程度則減弱許多。有趣的是，本社有兩位同仁分別從創作與研究追蹤這個時期的寫作遺跡，其一白靈（莊祖煌，1951-）出版了兩冊詩集《五行詩及其手稿》（秀威資訊，2010）、《詩二十首及其檔案》（秀威資訊，

2013），以自己的詩作增刪見證了這種從手稿到檔案的書寫變遷。其二解昆樺（1977-）則從《葉維廉〔三十年詩〕手稿中詩語濾淨美學》（2014）、《追和與延異：楊牧〈形影神〉手稿與陶淵明〈形影神〉間互文詩學研究》（2015）到《臺灣現代詩手稿學研究方法論建構》（2016）的三個研究計畫，試圖為這一代詩人留存的（可能也是最後的）手稿，建立詩學體系。換言之，臺灣詩學季刊社從創立到2017的這二十五年，適逢華文新詩結束象徵主義、現代主義、超現實主義的流派爭辯之後，在後現代與後殖民的夾縫中掙扎、在手寫與電腦輸出的激盪間擺盪，詩社發展的歷史軌跡與時代脈動息息關扣。

臺灣詩學季刊社最早發行的詩雜誌稱為《臺灣詩學季刊》，從1992年12月到2002年12月的整十年期間，發行四十期（主編分別為：白靈、蕭蕭，各五年），前兩期以「大陸的臺灣詩學」為專題，探討中國學者對臺灣詩作的隔閡與誤讀，尋求不同地區對華文新詩的可能溝通渠道，從此每期都擬設不同的專題，收集

專文，呈現各方相異的意見，藉以存異求同，即使
2003年以後改版為《臺灣詩學學刊》（主編分別為：
鄭慧如、唐捐、方群，各五年）亦然。即使是2003年
蘇紹連所闢設的「臺灣詩學‧吹鼓吹詩論壇」網站
（http://www.taiwanpoetry.com/phpbb3/），在2005年
9月同時擇優發行紙本雜誌《臺灣詩學‧吹鼓吹詩論
壇》（主要負責人是蘇紹連、葉子鳥、陳政彥、Rose
Sky），仍然以計畫編輯、規畫專題為編輯方針，如
語言混搭、詩與歌、小詩、無意象派、截句、論詩
詩、論述詩等，其目的不在引領詩壇風騷，而是在嘗
試拓寬新詩寫作的可能航向，識與不識、贊同與不贊
同，都可以藉由此一平臺發抒見聞。臺灣詩學季刊社
二十五年來的三份雜誌，先是《臺灣詩學季刊》、後
為《臺灣詩學學刊》、旁出《臺灣詩學‧吹鼓吹詩論
壇》，雖性質微異，但開啟話頭的功能，一直是臺灣
詩壇受矚目的對象，論如此，詩如此，活動亦如此。

　　臺灣詩壇出版的詩刊，通常採綜合式編輯，以詩
作發表為其大宗，評論與訊息為輔，臺灣詩學季刊社

則發行評論與創作分行的兩種雜誌，一是單純論文規格的學術型雜誌《臺灣詩學學刊》（前身為《臺灣詩學季刊》），一年二期，是目前非學術機構（大學之外）出版而能通過THCI期刊審核的詩學雜誌，全誌只刊登匿名審核通過之論，感謝臺灣社會養得起這本純論文詩學雜誌；另一是網路發表與紙本出版二路並行的《臺灣詩學‧吹鼓吹詩論壇》，就外觀上看，此誌與一般詩刊無異，但紙本與網路結合的路線，詩作與現實結合的號召力，突發奇想卻又能引起話題議論的專題構想，卻已走出臺灣詩刊特立獨行之道。

臺灣詩學季刊社這種二路並行的做法，其實也表現在日常舉辦的詩活動上，近十年來，對於創立已六十周年、五十周年的「創世紀詩社」、「笠詩社」適時舉辦慶祝活動，肯定詩社長年的努力與貢獻；對於八十歲、九十歲高壽的詩人，邀集大學高校召開學術研討會，出版研究專書，肯定他們在詩藝上的成就。林于弘、楊宗翰、解昆樺、李翠瑛等同仁在此著力尤深。臺灣詩學季刊社另一個努力的方向則是獎掖

青年學子，具體作為可以分為五個面向，一是籌設網站，廣開言路，設計各種不同類型的創作區塊，滿足年輕心靈的創造需求；二是設立創作與評論競賽獎金，年年輪項頒贈；三是與秀威出版社合作，自2009年開始編輯「吹鼓吹詩人叢書」出版，平均一年出版四冊，九年來已出版三十六冊年輕人的詩集；四是興辦「吹鼓吹詩雅集」，號召年輕人寫詩、評詩，相互鼓舞、相互刺激，北部、中部、南部逐步進行；五是結合年輕詩社如「野薑花」，共同舉辦詩展、詩演、詩劇、詩舞等活動，引起社會文青注視。蘇紹連、白靈、葉子鳥、李桂媚、靈歌、葉莎，在這方面費心出力，貢獻良多。

　　臺灣詩學季刊社最初籌組時僅有八位同仁，二十五年來徵召志同道合的朋友、研究有成的學者、國外詩歌同好，目前已有三十六位同仁。近年來由白靈協同其他友社推展小詩運動，頗有小成，2017年則以「截句」為主軸，鼓吹四行以內小詩，年底將有十幾位同仁（向明、蕭蕭、白靈、靈歌、葉莎、尹玲、黃里、方

葉莎截句

群、王羅蜜多、雲朵、阿海、周忍星、卡夫）出版《截句》專集，並從「facebook詩論壇」網站裡成千上萬的截句中選出《臺灣詩學截句選》，邀請卡夫從不同的角度撰寫《截句選讀》；另由李瑞騰主持規畫詩評論及史料整理，發行專書，蘇紹連則一秉初衷，主編「吹鼓吹詩人叢書」四冊（周忍星：《洞穴裡的小獸》、柯彥瑩：《記得我曾經存在過》、連展毅：《幽默笑話集》、諾爾·若爾：《半空的椅子》），持續鼓勵後進。累計今年同仁作品出版的冊數，呼應著詩社成立的年數，是的，我們一直在新詩的路上。

　　檢討這二十五年來的努力，臺灣詩學季刊社同仁入社後變動極少，大多數一直堅持在新詩這條路上「與時俱進·和弦共振」，那弦，彈奏著永恆的詩歌。未來，我們將擴大力量，聯合新加坡、泰國、馬來西亞、菲律賓、越南、緬甸、汶萊、大陸華文新詩界，為華文新詩第二個一百年投入更多的心血。

2017年8月寫於臺北市

【推薦序】
自森林中截出新芽
——序《葉莎截句》詩集

靈歌

　　2013年葉莎出版她第一本詩集《伐夢》，再於2015年出版《人間》詩集。現在是2017，以每二年出版一本詩集的速度，葉莎不斷前進，從平原翻越丘陵，從丘陵攀登山脈，每一次從高處回望詩路，眼界漸高，心胸逐漸寬闊推遠，一路走來的創作風景，一一顯影在她的詩中。讓我們一階一階隨她登高攬勝，不禁讚嘆！

　　她在《伐夢》的後記寫著：「人的一生可能燃燒也可能腐朽，我不能腐朽，我願意燃燒起來！」。也在《人間》後記紀錄母親的一句話：「看這花不須費

　　心照顧也開得這麼好！」她借用於寫詩，從掙脫腐朽選擇燃燒再走向不須費心照顧的自在。

　　於是，她在這本《葉莎截句》詩集的第二首詩這樣宣告：

　　〈水窪告示〉：「你若夜行，不要／踩我胸口盛滿的星星／它們收集了小路的蟲鳴／正在練習發聲」。四行詩一韻到底，意象驚奇的將水窪放大成星際之間的和聲。而第一首〈致讀者〉：「昨夜月光成串／我將一座海的滋味／仔細藏好／生為蚵，我只讓你讀殼」。月光串成海，海岸邊的蚵是一首首詩，陳列給讀者，但海般遼闊深邃的詩意，藏在殼裡，你必須涉水採摘並挖開才能嘗到詩味。最後二行閃閃發光。

　　這本詩集共收入三十四首四行內的小詩，以及附上原詩的四行內截句詩二十二首，詩集頁數較薄，卻以質取勝。

　　葉莎寫小詩與中短詩多於中長詩，超過三十行的詩不多，讀過最長的一首是《伐夢》詩集裡的〈長門賦〉，有四十二行。我喜歡她的小詩，精煉又富含

哲理。她擅長運用諧音，像〈致讀者〉的「蚵」與「殼」，〈梅花鹿〉裡的「鹿」與「路」，〈公車筆記〉的「魚」和「雨」，〈春天的事〉裡的「傘」與「散」，截句詩〈荷〉裡的「葉」與「耶」，〈此生〉的「字生／字滅」。這些諧音字，彷彿春天開在枝頭（詩文本）的櫻，粉白紅相映，讓每一首詩都教賞櫻的眼光聚集發亮。她也喜歡將成語斷句斷行甚至顛倒著用：〈小蛇〉裡的「蠢蠢／欲動」，〈戶口名簿〉裡的「安居／樂業」，原詩〈犀牛嶼〉的「桑田／滄海」，截句詩〈友誼〉的「河邊／春夢」。成語出現在小詩中常常是敗筆，因為字數少，被成語佔據，很難寫出新意。但葉莎運用純熟，如魚擺尾水花，巧妙的在詩行間噴灑出小彩虹。

　　另外，詩集中對照的手法也留下深刻印象：〈回憶錄〉的「忍／忍不住」，〈聽過一種鳥聲〉的「最深／最淺」「滾動／挽留」，〈死亡〉的「我一步一步靠近熔爐／熔爐也一步一步接近我」，〈抒懷〉的「黑夜／流星」「夢／佛洛伊德」，〈叛逆〉的「夕

陽／黃昏」「山谷／山坡」，〈失戀〉的「雲／晴
天」「走來／走去」，〈小蛇〉的「誕生／毀滅」，
〈綠繡眼〉的「波浪／海」，〈門〉的「新葉」「舊
了」。截句詩〈此生〉的「熟黃／嫩綠」「翻開／闔
上」……。讀者在賞詩之餘，多花心思進入，常有柳
暗花明的驚艷。

　　這本詩集，有幾首手法特異的作品，如《回憶
錄》：「至　破皮，放血，刮骨之／前一日或更早之
前／以忍。或／忍不住」。第一行第一個字之後就空
格，而開頭的「至」乍看突兀，卻新奇有力，空格也
很創新，最後的「以忍。或／忍不住」這樣突然結
束，留下滿紙餘韻，真令人拍案！詩文本與詩題唱
和，實在絕配，這首詩我認為是整本詩集中的精粹，
不可多得的佳作。

　　還有這首截句詩〈荷〉：「似蝶，非蝶／似葉，
非葉／是耶，非耶／最初浮泛水上的自己」。很有
畫面，彷彿錄影的鏡頭，由遠而近由下而上，讓詩題
〈荷〉在千呼萬喚中終於露臉出場。「似」「非」

「是」「非」的轉折變換，豈不正是風荷的寫照？荷葉翩飛隱蔽又衵露，像蝶像葉，觀荷之人不禁頻頻探問的場景，這樣的手法將動靜活化了。

再讀這首〈叛逆〉：「那些年／最愛叛逆夕陽／不愛山谷愛山坡／拉著黃昏一路向上」。這樣的寫法很有特色，夕陽是老人或生命尾聲，山谷是安靜順服的意象，山坡卻是往下溜或者向上提升，而黃昏與夕陽相同。這樣的〈叛逆〉，其實是奮發向上，即使已經夕陽和黃昏，還是不能自棄，要把握有限時間創造無限。要不能安逸於舒服寧靜的山谷，要往陡峭的山坡往上攀爬，即使失敗了會墜落。

詩集裡，藏著許多晶亮的金句，我們一一挖掘：「腳踏車喀啦啦轉動／我們曾經帶鍊的光陰」，「一切淺薄因此深刻」，「最響的是那人挑著的海」，「聲音是風的樣子」，「妳的裙襬有想飛的欲望」，「所謂知己／就是並肩同看一場雨」。

最後，我不得不細談一首令人感動的詩：

葉莎截句

〈黑面琵鷺〉

於我，無一面鏡子不破
無一面鏡子破裂不肯癒合
無一面鏡子之內無魚
無一面鏡子之內無我

　　這首詩充滿禪機，也是多重解讀多面向的一首
小詩。小詩寫成這樣，我覺得她的寬廣深度，比一首
百行長詩還更無邊無底。以黑「面」隱喻鏡面，以黑
面琵鷺面臨滅絕的保育類野生動物延伸映照。首句
「於我，無一面鏡子不破」，以琵鷺的觀點，人類對
於野生動物的環境破壞，真可說是所有明鏡都不忍卒
睹的自我破裂。鏡子不僅是破裂，因為看不到未來，
因為人類的破壞只有更加劇加速而不想停止，所以，
鏡子又如何有癒合的可能？明鏡也照出，候鳥水鳥賴
以生存的水中生物，已逐漸斷絕而「無魚」，因為
「無魚」，琵鷺失去維生的環境，也跟著滅絕而「無

我」。短短四行三十八字，如此絕望，好像將天地撕裂，卻無一字控訴譴責大聲疾呼，就這樣平靜與節制，卻又如許令人動容震顫！

　　葉莎精力充沛又奮發向上，寫詩，創辦網路《新詩報》，和季閒等人成立《季之莎影像文學小棧》，揹著相機到世界各地拍攝，近年又學畫，且有了小小成績。今年，接掌《乾坤詩刊》總編輯，在詩壇、攝影界、畫壇發光發熱。繼《伐夢》、《人間》、《時空留痕》、《葉莎截句》四本詩集後，正籌備第五本個人詩集的出版，將緊接著推出。創作力之豐沛，讓人興起望塵莫及之嘆。她寫詩的時間約十幾年，用極快的助跑起飛。像《伐夢》的後記寫的，她，拒絕腐朽選擇燃燒。這些年，她創作的火焰越來越盛，但為人卻逐漸柔和謙沖。相信她會走得更穩健更遠景，擁有屬於她的一片晴天。

葉莎截句

【靈歌簡介】

　　吹鼓吹詩論壇副站長，野薑花詩社副社長，創世紀、乾坤詩社同仁。獲2017吳濁流文學獎新詩正獎、洪建全兒童文學獎。作品選入《2016臺灣詩選》、《2015臺灣詩選》（二魚文化）。著有《靈歌截句》、《漂流的透明書》、《夢在飛翔》、《雪色森林》等詩集。

【推薦序】
淺談葉莎的截句選

甘遂

2016年中國詩壇興起了一股關於截句的詩歌載體，從字面意義上來說，既是「斷章摘句，破壞義理」的零丁碎片或局部。從截句的形式來看，其本身就是詩歌的一些隻言片語或短句構成，在中西方的詩歌載體中我們也經常會看到俳句的結構相類似。在古典詩歌中它們原本就存在著嚴格的韻律，但在當今的新詩寫作中由於語境的現代化及更迭；這種原來的格式，隨著社會的發展已經不再注重；因而形成了一種較為凝練的，簡約的，隨性生動的句子為基本構造。它既顯得靈活輕便，又適用於表現轉瞬即逝的意念和感

受；因而許多作家和詩人們都會隨性記錄一些便簽式的，偶然閃現的靈感或意念。於是這些句子通常都較為精煉，形像生動，比起長詩要更加富有詩性的韻味。

日前收到臺灣知名詩人葉莎女士的截句選集，在閱讀之餘，也隨性記錄些感受。就她的其他詩作而言，傳統詩歌的底蘊就非常厚實，在長期實踐和創作的過程中積累了非常豐富的新詩創作經驗。從她的這本「截句選集」來看，她以隨性的方式呈現出來。它們遙遙呼應著千百年前的詩歌源頭，同時又與當下的時代精神相契合。這也使作者的那些飄忽不定的莫名思緒、和對生活場景的瞬間感知、及內心的隱秘等；構成了一種與外在世界的相互投射，在是與不是的方寸之間，獲得了獨特的美感體驗。

由於面對近年來的新詩發展境況，漢語詩歌如何通過不斷的自我更新和自我校準，來實現更加有效的表達；這始終是人們一直都在思考和求變的過程。因而截句的衍生便形成了現代詩歌的一種獨特的個體，它展現著當下詩歌寫作與探索者們的前驅活力，更明

確的與社會境況緊密結合。這種探索也更契合全民的
熱情，即便不是詩人也能夠參與其中，因而形成了一
種快節奏資訊時代的精神養品。

　　至於葉莎的這本截句選，我認為更強烈的呈現
作者近年來的思想色彩，凝結著她對生命價值的關注
及對人本意義的高揚。其探索的概念仍關聯到生命的
存在領域。由於她的核心表現物件更主觀，更明確地
揭示其創作性的內在律動。這種律動主要由感受和體
驗，輔助著思考的深度，以至於形成了習慣性與外在
互動的體驗方式。因而呈現出的感受本身既有層次之
分，有深有淺，有清晰有模糊，形成了一種巧妙的藝
術表現力。從她短短的截句中，我們很容易感受到悲
憫，疼痛、顫慄或禪機的造境。這就構成了一種理想的
律動節奏，由於它必須以生命意志充盈的主體為表現物
件。換言之，只有生命意志或強力意志充沛的主體才可
能構造好的意境，才可能創造出理想之美的詩歌作品。

　　從審美心理來看，葉莎截句的大體意象，有兩
種情緒：一種是由生命產生的痛感，這種痛感和尼采

宣揚的酒神精神相似，「張揚和宣洩」，在「沉醉」
的痛苦意識中，主體獲得形而上的慰藉，感受到神祕
的強力意志和超人情懷，從而進入審美活動和藝術創
造的境界，獲得生命價值的實現。另一種是想像力和
創造力雙重的交融，其精神的自由度受到大環境的影
響，在敘事和象徵之間形成了一種技巧的轉換，而實
際上是文化態度、眼光、情緒系統、及認知的轉變。
它不再引導讀者去體味象徵的底蘊，而是製造情緒的
感染，情緒感染的寬度和力度是它的主要目的。如果
要細究葉莎的截句特點，主要是一種意緒結構，意緒
不單單是意象。它包含意像和情緒在內，是詩人在知
覺中，由情緒、意念、潛意識的混合體構成，既有畫
面又多呈現流動序列，由此延展了她的詩歌具有極其
強盛的敘述能力和跳躍的玩味性。

　　從這種美學的基礎上再來看她的截句結構，就
能夠醒目地理解到她的作品層次感較為豐富，暗含著
總體容量的存在。因此，她的截句就像單反相機的取
景鏡頭，這恰好跟她的攝影職業相關，從取景的視角

對場境的捕抓，所呈現出來的空間構架，相較於古典詩歌的總體框架和穩定的時空，現代生活的速度感更足，這恰好適合於現代人感受的心理模式。因而從她的截句中產生的意像，相容著畫面和情緒的哲理性，往往給身處其中的個體造成一種情緒的衝擊和審美體驗；因而也是這種碎片化的呈現，在語境和構造之間，形成了一種感知和傳達的管道。這種特殊的詩歌形式，可以看作對現代生活中物象與心靈迸發式的解讀；也可以說是詩人將生活的經驗碎片糅合在語言的想像之中，藉以捕捉諸多細微的內心情緒。而所有這些靈感碎片的背後，則是時代精神的宏闊和精煉獨特的美學涵意。

　　由此，葉莎女士這本截句選集對詩句的呈現方式很平和，並不是很激烈，也不像有些人那樣的滿腹牢騷，她對造境的把握大體也恰如其分。我覺得她更多的是在張揚一種積極的意義，一種悲憫，用一種非常豐富的情感去處理真實的體驗，雖然它的呈現有些句子看起來是含混的，抽象的，但事實上這也是一種鮮

明的態度，一種詩歌藝術化的處理機制，只是她把這種鮮明的態度略加隱藏和變形罷了！它既含著誠實、真摯、樸素的內心，並具有評判性立場，正因為這種自由而現代的藝術精神。促使她把觸鬚伸到社會的縫隙及心靈的角落，用簡短的資訊和形象的修辭方式呈現出來，而這正是詩歌在個體心靈和時代生活的表達層面，實現了現代漢語詩歌在相當程度上「有效」的革新。這也正是新詩發展了百年之後，我們能夠看到各個流派及風格的作品豐富而彌新。

2017.6.20文／甘遂（蘇州）

【甘遂簡介】

　　甘遂出生於福建福安市，現居蘇州。當代青年藝術家，著有散文集，及藝術評論等，早期習國畫，2003年從事雕塑創作活動至今，藝術作品曾被日本、新加坡、香港、臺灣等國內外藝術收藏家收藏。

目　次

輯一 | 致讀者

輯二 ｜ 再生

輯三｜卡夫評論

致讀者

致讀者

昨夜月光成串
我將一座海的滋味
仔細藏好
生為蚵，我只讓你讀殼

任性的蚵說：

要長出蚵肉之前，經歷海水日夜拍擊，鹹味的浸泡，
最多情的只有月光，夜夜來探望，既然你不曾來探望，
看看殼就好，反正我也習慣了孤單。

水窪告示

你若夜行，不要
踩我胸口盛滿的星星
它們收集了小路的蟲鳴
正在練習發聲

水窪說：

人類的心機我也是有的，藏在平路淺水之間，等著哪
個冒失鬼踩進來，然後大聲驚叫，如果她正在想失戀
的情人，傷心會瞬間逃走，這是我的日行一善；平淡
的日子就有了一點點奇蹟，佔據我胸口的星星也會一
隻一隻跳起來，當然我說的是夜晚。

梅花鹿

將曠野奔跑成風聲
有人記得梅花和小路
詩記得
牠疲倦的蹄子

梅花說：

其實我和鹿一向不同國，但我也喜歡曠野、風聲和小
路，生命不要要求太多，有一點點沾上邊，也可以假
裝是同國。

聽過一種鳥聲

一個球，自最深
至最淺的黑不停滾動
在窗前
被一株白杜鵑挽留

球說：

把我的運動前進路線比喻為鳥聲，有點不倫不類，但
我一點都不反對，要不然鳥聲要怎樣才能滾到白杜鵑
那裡？

訪友

櫻花沿路奔跑
我一路閃躲
好不容易來到你的小木屋
只見窗子嗡嗡的飛著

櫻花說：

蜜蜂總是一路跟蹤我，你也是，幸好我們善於接力，
將你的影子接過來又傳遞出去，到了小木屋，發現有
翅膀的蜜蜂總是先到達目的地，雖然牠只是配角。

老人

路將盡
腿也開始崎嶇
一生的傘已殘破
風也濕了

腿說：

記得昨天還陪你健步如飛，如今坐在臺階上，連影子
都隱隱作痛，站起來前，記得先揉揉我，等倔強都柔
軟了，剩下的旅途就不會喀喀作響吵醒小路。

世事

老狗抬起一隻腳
就下雨了
嫩百合抖抖濕漉漉的身子
看見天氣晴

嫩百合說：

狗的修為有限，啊！對不起，我又說了真話！我的意
思是說，我其實一點都不在意，不過基於雨露均霑的
立場，建議可以灑一點給旁邊那株幸災樂禍的杜鵑。

回憶錄

至　破皮，放血，刮骨之
前一日或更早之前
以忍。或
忍不住

回憶說：

我相信所有的痛都會消失，所以忍忍就好，即使你忍
不住。一個人一生能經歷過幾次痛徹心扉，也是幸福
的，否則就辜負了多感的心靈和脆弱的小小淚水，我
是希望你能長大成熟才這樣說的。

死亡

像滄海無悔成桑田，蠶無悔變成布

星星無悔變願望，森林無悔變薪柴

我一步一步靠近熔爐

熔爐也一步一步接近我

死亡說：

所以我們一直是好朋友，無悔是人生很重要的品格。

登高

一登高
天下就小了
我藏在詩裡的江山
應沒有人知道

天說：

感覺詩人有點以管窺天，詩裡的江山雖然可以無限大，
但是小看我，我也會不開心的。

書懷

黑夜中，夢旅行

滑過的軌道

你說是流星，我說是

佛洛伊德的腳印

佛洛伊德說：

其實我因為壓抑時常做噩夢，你們開心的看流星時，

記得許願但不要想起我。

愛情四帖

這年代

心靈深處繚繞的煙

喜悅中點燃

傷心中熄滅

....

晶瑩剔透

如露如晶鑽

宜暗

不宜明

....

幾千萬伏特吧

來不及問清

俱成灰

盡

....

孩子，你怎會知道呢

幼時鼓起雙頰

使勁吹大卻不幸爆破的

竟是愛情

過來人說：

缺乏愛情會枯萎，有了愛情又難免傷心，失戀的時候，
我感覺自己是爆破的氣球，變色的王子是一根針。

拍案

猛烈一擊
所有的文字都跳起來
爭先恐後
想成為詩眼

桌子說：

誰會跳的高，我心裡有數，會爭先恐後表示公民與道
德都考很低分，這點我可以確定。

同意

蚱蜢可以爬上背脊

咬斷幾根葉脈

同意露珠夜半入夢

讓夢半濕半寒

夢說：

伴屍伴寒真的有點慘，夢最好有點綺麗或奇異才符合
人性。

甚麼？我錯了？半濕半寒才對是嗎？

一定是屋漏偏逢連夜雨才會這樣！好慘喔。

小草

左顧，彩霞往西飛
右盼，蝙蝠飛往東邊的洞穴

我雙眼追逐
卻安穩立足

我說：

不懼大風不畏大雨能屈能伸的小草，值得大家學習。
所以我家花園的小草我從來不拔的，我留來景仰。

叛逆

那些年
最愛叛逆夕陽
不愛山谷愛山坡
拉著黃昏一路向上

繩子說：

拉著黃昏還要一路向上，真的有點吃力，這個詩人不
僅叛逆還很不自量力。

相信

我相信道路
和兩端各自歧異的風景
腳踏車喀啦啦轉動
我們曾經帶鍊的光陰

光陰說：

我其實一直都在，而且喜歡無拘無束，鍊子可以用於
腳踏車，請不要用來捆綁我。

順服

我順服離別

每次背對背漸行漸遠

就將能誓言拉大拉寬

一切淺薄因此深刻

誓言說：

我一直都很深刻，是指天發誓的那根手指太淺薄。

公車筆記

牙牙學語的小女孩
一路喊著魚，魚，有魚
手指碰觸車窗時
恰巧與一滴雨相遇

手指說：

我也還很年幼，小小的手指和冰涼的雨相遇，就是興
奮而已並沒有哀愁，而且還會想起好吃的枝仔冰。

早晨

他留了一份早報給我
攤開，盡是醜陋的新聞
遠不如庭院含羞的山茶花
不輕易洩漏美

山茶花說：

所以看報不如看我，我無心洩漏的屬於大自然的奧妙
天機，記者從來不會報導。

午後

喝掉半打陽光後
他的背部開始黝黑
屋內是自己
寂靜而陌生的靈魂

靈魂說：

一直與你同在，還說我陌生？不過從屋外將自己曬成
這樣，你黑到脫皮，我也會感到痛，你並不孤獨，誰叫
我就是這樣感性又脆弱的傢伙，還有很深奧的名字。

春天的事

傘是那人送的
一起看過一場櫻花之後
就和雨一起
散了

櫻花說：

那人真的有點笨，情人之間是不能送傘的，不過也許
他很早就想送了，從情人要變回非情人，總要經過一
些巧妙無痕的設計，讓傘承擔所有的罪。

失戀

她常常躲在屋內寫日記
每個字都是一朵雲
而晴天在屋外
走來，走去

日記說：

她和我訴說的失戀的痛苦，我誰都不會說，日記有日
記的品格！

小蛇

破裂的痛苦
殼外流動的誘惑，蠢蠢
欲動，有人說是誕生
有人說是毀滅

殼說：

真心希望能夠永遠保護妳，讓妳在我的殼中沉睡，千
萬不要蠢蠢欲動！蠢蠢欲動之後，常常是定性不足引
來的痛苦！不過也不能怪妳，妳又沒上過學所以不知
道這些道理。

綠繡眼

我的羽毛更綠了
約好了，一邊啼叫
一邊學波浪飛行
成為紅梅最愛看的海

紅梅說：

古人喜歡登樓觀梅，那是因為我長得不錯，不過綠繡
眼學波浪飛行的時候，真的有一座美麗的海。

黑面琵鷺

於我，無一面鏡子不破
無一面鏡子破裂不肯癒合
無一面鏡子之內無魚
無一面鏡子之內無我

破裂的水說：

不要一直踩我，我就不會破。

鞋子

鞋子有話要說
旁邊的線不停拉扯
別說，別說
那些旅途中相遇的愛人

愛人說：

讀到末句的複數，我好難過，鞋子正義感有點不足，
線又為虎作倀，愛情有時不堪一擊，可惱啊，除了我
之外那些旅途的相遇。

戶口名簿

家是一張紙
名字在這裡安居
樂業的我們，時常出去工作
又各自回家，做扁扁的自己

戶政人員說：

讀起來感覺好辛酸，戶口名簿也許應該設計為立體，
有停車場和一園子好花那種樣式。

致老屋

我是真心的
以枯萎陪伴你的斑駁
至於三心二意的嫩葉
全為了欺瞞春風

春風說：

明知被欺瞞我也不會說破，因為我是春風。

鬼針草

未長出刺之前
我也曾是溫婉的花
儘量壓低身子
避免阻擋老屋的風華

老屋說：

就算妳莖直立，高約40－85釐米，大概只能遮到我的
小窗子，所以不要杞人憂天。

野花

我已經抹了胭脂
但沒有人，叫喚我的名字
關愛是一種奢侈
野，是一種主義

詩人有話要說：

抱歉，生活真的好忙，對於名字時常記不住，就算抹
了胭脂通常效果有限，我比較注重內在。下次我走
過，記得和風一起朗誦我的詩，我就會停下來簽名。

東窗是花

總是叫不出名字
索性喝一口茶，喚她
茉莉，潔淨芬芳
恍如一生之始

被忽視的東窗說：

提到茉莉，我認識她很久了，自一棵幼苗開始到成為
一口茶，茉莉喜歡高溫，通常在20℃左右開始萌芽，
25℃以上孕蕾，28℃至33℃左右形成花蕾，所以被熱水
沖泡時，自動散發歡愉的香氣。只談茉莉不談我也沒關
係，最終我成為題目之首，終歸還是有一點點價值。

門

幾片新葉

從門縫裡鑽出來

發現身旁有誰寫下墨跡

世界早已舊了

脆弱的門說：

雖然表面是說世界舊了，其實就是暗示我也舊了！詩
人的善良在某個層面看來，其實是一種隱形傷害，請
詩人們不要狡辯。

鳥的幸福

家，築在瘖啞的枝椏
巢是草原乾枯的髮
母親說，如果我們覺得幸福，
就該呀呀啼唱，讓風知道

理智的風說：

慶幸我有敏銳的耳朵能分辨真偽，那些從枝椏傳來的
啼唱，有時不盡然是幸福，只是在表達肚子餓。

葉莎截句

再生

二

此生

有些熟黃有些嫩綠
靈魂是風中之葉，搖著孤獨
你翻開也好，闔上也好
悲喜夾進書頁字生字滅

原詩〈此生〉

有些熟黃有些嫩綠
靈魂是風中之葉，搖著孤獨
你翻開也好，闔上也好
悲喜夾進書頁字生
字滅

自從學會空的智慧

竟感覺自己如石，如水

又如飄忽之塵

我們談詩

意象不停登小樓

在人間中談著生命

和種種折磨

暮年

而我是向光的人
一隻雁飛過
見我陳舊的背影
叫著黃昏，昏黃

原詩〈背影〉

繁花鮮豔了竹籬
演示了攀附和愛的言語
而我是向光的人
以為繼續往前，春天依然如昔
一隻雁飛過

見我陳舊的背影

叫著黃昏，昏黃

離別

整個季節，我拒絕華麗

不信你如煙雲

煙雲，如你

原詩〈夜雲〉

整個季節，我拒絕華麗

不信你如煙雲

煙雲，如你

蔓草不停扣問

昨夜的露珠，何以

沾過離別

而我心上，究竟撕裂

幾處藏匿不住的缺口

一朵雲靜靜飛過

銜著，今夏的寂寞

石之真意

將天地雕琢

成為愛侶或老僧的背影

石，才是人間

真正的質地

原詩〈無題〉

某日將石撿回

讓自己的心念慢慢溶入

無論是懷抱摯愛

成不死之姿，或是

內心冷靜如空無

任天地雕琢

成為愛侶或老僧的背影

石，才是人間

真正的質地

圭臬

在黑板上寫下四個字

又在最末一字，刻意放大聽覺

和世人一同銘記種種

不可說，不可聽，不可為

原詩〈禮義廉恥〉

在黑板上寫下四個字

做為今生行為的歸依

提筆時一頓一橫或一勾

拿捏得宜

又在最末一字，刻意

放大聽覺，和世人一同銘記

種種不可說

不可聽，不可為

悟

我識夢幻也識泡影
自此忘卻六根，六識和六塵
身是身，是遠山
是溪流也是小路

原詩〈身是身〉

眼中所見有遠山
有溪流，有近處的小路
有小路這頭的我

葉莎截句

我已飲盡紅塵
識夢幻也識泡影
自此忘卻
六根，六識和六塵
身是身，是遠山
是溪流也是小路

堅持

我已慢慢成為一隻蛹

將自己藏入最深的地方

除非世間已從良

我才願意清醒

原詩〈無題〉

躺在地底下

慢慢成為一隻蛹

將記憶藏入最深的地方

葉莎截句

從此再不看

這世間的真愛和罪惡

無感於善變的風和冷冽的雨

再也不言語

將最鏗鏘的聲音藏在我心底

除非世間已從良

我才願意清醒

最後

掩臉
將此生一一掩蓋
曾經看見的，聞到的，說過的
盡是虛妄

原詩〈人間〉

──生命因蒙羞而哭泣（黎農生）

掩臉，將此生一起掩蓋
曾經看見的，聞到的，說過的
盡是虛妄

我如何告訴你

這一切真與一切假

當我在世間行走

一步一繁花

和繁花之後刺痛我的蒺藜

我掩臉，自問為生命

著了怎樣的色彩

愚人

這是世人難解的命運

我們靠得很近又很遠

用簡易的符碼取代噓寒問暖

相知總是輕易又艱難

原詩〈愚人〉

這是世人難解的命運

我們靠得很近又很遠

用簡易的符碼取代噓寒問暖

相知總是輕易又艱難

葉莎截句

抱著手機裡的頭像入眠

許多囈語如淺灘

沼澤和矮樹被夢吞食

夢中看著遠去的船

載著美好去流浪

我們嘲笑紛亂的四季

漸漸遺忘曾有過的春天

愛

在不經意之間
愛變成折磨的起點
該悟未悟的此生
彷彿黑夜的無限蔓延

原詩〈自繪〉

以為離別的歌
多唱幾遍
心就會少痛一點點

葉莎截句

原來愛和幸福的來源
也會在不經意之間
變成悲傷和折磨的起點

該悟未悟的此生
彷彿黑夜的無限蔓延
註定黎明逃得更遠

共醉

酒杯互相交談

喜悦和悲傷在手中搖晃

一飲而盡時杯底透明

看見誰也不曾提起的過往

原詩〈飲者〉

酒杯互相交談

我們聚攏，肩擦著肩

衣衫碰觸衣衫

喜悦和悲傷

在手中輕輕搖晃

昨日大半滄桑

今日不盡明亮

一飲而盡時杯底透明

看見誰也不曾提起的過往

預兆

你坐傷了一片青草

青草折彎了夢

月在水中讀著

水在月中游過

原詩〈水月〉

山朦朧

螢火蟲提著燈

你坐暖了一片青草

青草折彎了夢

夢如江水蜿蜒

堤岸無言

月在水中讀著

水在月中游過

熄燈

某些慾念適合黑夜
例如談花或遠去的蜂蜜
例如貧窮或死亡的靦腆
例如愛與恨

原詩〈熄燈〉

某些慾念適合黑夜
例如談花或遠去的蜂蜜
例如貧窮或死亡的靦腆
例如愛與恨

將棉被拉上，蓋住所有的臉

地球將不停滾動

直到宇宙被熄滅

光陰的濤聲

最響的是那人挑著的海

光陰的濤聲，在竹簍裡撞擊

保留了一些

遺漏了大部分

原詩〈犀牛嶼〉

摩西來過了嗎

這似假似真的犀牛嶼

忽高，浮出雙足走上陸地

忽低，在汪洋中餘下一截背脊

分了又合，合了又分
將情感深藏的這座海
她的心是多變的潮汐

跟隨潮汐進入桑田
在夢中的滄海
看著貝類爬上礁岩
礁岩刻上彩虹的身軀
而我們身軀如風
一走動就撲撲作響

最響的，是那人挑著的海
光陰的濤聲，在竹簍裡撞擊
保留了一些
遺漏了大部分

友誼

想念是柔軟的衣衫
摩擦之後，靜靜笑了
我是河邊，妳是春夢
發芽之後竟成畫與詩

原詩〈在夏末彼此擁抱〉

夏末。擁抱
想念是柔軟的衣衫
摩擦之後，靜靜笑了

這麼多年，兩年，一年
退回到最初相識的靦腆
我是河邊，妳是春夢
發芽之後竟成畫與詩

想起好友的作品
整座池子坐滿交談的音符
可望。不可及
聲音是風的樣子

我們彈奏彼此
直到音頻接近，而且合一

荷

似蝶，非蝶

似葉，非葉

是耶，非耶

最初浮泛水上的自己

原詩〈似蝶・非蝶〉

第一場雨，聚攏話語

綠葉擁擠，脈絡

與脈絡，重疊又依依

以為枝梗，在歲月裡練就意志

頑強抵抗雨的襲擊

第二場雨，離散的序曲
舊日淅淅瀝瀝，自髮絲開始浸潤背脊
流過腳底，一池沉默的雨漣漪

似蝶，非蝶
似葉，非葉
是耶，非耶，最初浮泛水上的自己

水鳥

湖底小窗緊閉

明明殘荷無聲而寥寂

我卻愛說，水鳥

才是秋天最寒的植物

原詩〈秋天最寒的植物〉

後來，我常常想起天人菊

如何交頭接耳一個夏季

又彷彿是彩虹

不慎遺落的小祕密

那天我坐在湖畔

看見湖底小窗緊閉

曾經織過的夢，鼾聲四起

有時在湖面走來走去

明明殘荷無聲而寥寂

我卻愛說，水鳥

才是秋天最寒的植物

歸屬

簡陋農舍是裊裊煙囪的
粗鄙小路是露水的
農婦是煤的
火爐是早餐的

原詩〈詩啼於野〉

一隻公雞拉開黑夜
露出天空白

簡陋農舍是裊裊煙囪的
粗鄙小路是露水的

農婦是煤的
火爐是早餐的

嗶嗶剝剝爆開的意象
是我夢境的嘔吐
你莫要問言與寺的關係
一支筆疾書
沙沙寫著心靈之書

不悟

江河豈是明鏡

潮浪竟似拂不去的塵埃

船伕日日擦拭

漣漪又到眼前來

原詩〈彼岸〉

沉睡的豈是觀音

雲霧紛紛醒來，假裝一片海

昨夜喧囂的星星已沉寂

今天的淡水河

早起的魚，好吵

江河豈是明鏡

潮浪竟似拂不去的塵埃

船伕日日擦拭

惹的漣漪陣陣怨尤

我本想渡河彼岸

忘卻此生種種

突聞汽笛一聲巨響

船家說，這船啊

只行向八里紅塵

寒夜寫詩

是雪溶的季節
文字的眉頭都染了白雪
於是建議你，也許加
一點爐火而不是月光

原詩〈不是月光〉

揉醒肚裡的詩蟲
叫它們吐去前夜的殘渣
再吸幾口初冬的營養
你站起身來

所有的影子開始凌亂

那是窗內的光，窗外的光

尋找不到相同的光譜而慌張

讓空了許久的杯子注滿月光

外加一包大阿里山濃咖啡

攪了攪，杯裡飛出一隻藍腹鷴

是雪溶的季節

每個文字的眉頭都染了白雪

和幾根藍色的羽毛

我拾起一句咀嚼

葉莎截句

很冰，很冷

於是建議你，也許該

加一點爐火而不只是月光

情話

愛在夏季發芽

蟬聲纏綿又隱誨

總是說的太響亮

被早到的秋風取笑

原詩〈拓印過往〉

那時正是秋天

收割後的稻田有被丟棄的哭聲

稻草人的雙腿無法走到春天

一群雀鳥剛剛吻過天空

我在妳的髮中撿到雲影

妳的裙擺有想飛的欲望

風，正好從小路走來

愛在夏季發芽

蟬聲就是纏綿隱誨的情話

總是說的太響亮

被早到的秋風取笑

知己

直到我的骨骼碎裂
妳的髮落盡
直到天邊不是天邊
眼前不是眼前

原詩〈知己〉

明白這一切因緣的
不是多事的風
而是淡然的靜土
伸出無形的手

拉近兩個不喧嘩的靈魂

扎根到彼此更深處

一些風雲，來自天涯

一些莫測，起自虛空

所謂知己

就是並肩同看一場雨

仍然忍不住喲

夜裡以光束做暗語

跨越彼此的夢池

說著青山，說著

日曆如何搖動一個季節

直到我的骨骼碎裂

妳的髮落盡

直到天邊不是天邊

眼前不是眼前

葉莎_截句

卡夫評論

星星之火　可以燎原
——讀葉莎新詩截句〈水窪告示〉

卡夫

　　在詩人眼中，無處不是「詩」。即使是一個普通的低凹積水處，也可以讓她產生聯想，把那一股隱隱流動在心的詩緒藉此表現出來。

〈水窪告示〉

你若夜行，不要
踩我胸口盛滿的星星
它們收集了小路的蟲鳴
正在練習發聲

　　〈水窪告示〉中的「告示」成為我思考這首詩的重要線索。

　　我讀出詩作隱藏著的政治隱喻，其實告示就類似「宣言」，這是人民對當政者發出的聲音。

　　詩一開始寫「你若夜行，不要／踩我胸口盛滿的星星」是一種溫馨的提醒或者是含蓄的警告，請他們不要在「黑夜」中幹些白天見不得人的事，也不要以為不會被人看見。

　　詩人委身於水窪，以第一人稱提出忠告，千萬不要小看不起眼的「水窪」，水可載舟亦可覆舟，這是亙古不變的真理，一不小心就會被淹沒，所以你「不要踩我胸口盛滿的星星」，這是最後的底線，星星之火可以燎原，人民已經吹起集結號，練習發聲，準備發聲……

　　一首好詩意象不用繁複，不需要任何形容詞來支撐，文字要簡潔，乾淨利落，最重要是要能達到唐司空圖（837年－908年）所說的「象外之象　景外之景」。詩雖是寫景卻意有所指，詩中的言外之意不只

提升了它的高度，也讓我們看到那種長期壓抑在詩人
心裡，不吐不快的快感。

聲音可以看見
──讀葉莎新詩截句〈聽過一種鳥聲〉

卡夫

　　「是早上被奇特的鳥聲吵醒，仔細聽，然後就想，我能寫出那種聲音嗎？」這是詩人說的，也是她寫這首詩的目的。

　　〈聽過一種鳥聲〉

　　一個球，自最深
　　至最淺的黑不停滾動
　　在窗前
　　被一株白杜鵑輓留

　　詩人採用了「通感」描寫手法來寫她聽到的這種聲音。

　　錢鍾書先生（1910年－1998年），曾經如此說過：「在日常經驗裡，視覺、聽覺、觸覺、嗅覺、味覺往往可以彼此打通或交通，眼、耳、舌、鼻、身各個官能的領域，可以不分界線……」這是「一種感覺超越了本身的局限而領會到屬於另一種感覺的印象」。這是他對「通感」做的一個十分經典的解釋。

　　在審美活動中，人的各種審美感官，比如視覺、聽覺、嗅覺、觸覺等多種感覺可以不分界限、不分彼此而互相溝通、互相轉化。比如宋祁（公元998年－公元1061年）〈玉樓春〉裡的名句：「紅杏枝頭春意鬧。」就是用聽覺感覺來突出視覺效果的一個典型例子。

　　詩人則是使用視覺效果來詩寫她聽到的這種聲音。詩前二行「一個球，自最深／至最淺的黑不停滾動」，我的理解是地球是圓的，每天都在自轉，「自最深／至最淺的黑不停滾動」，顯而易見就是指天漸

漸亮了。詩人說她被鳥聲吵醒,她聽著鳥聲,看著黑夜慢慢地褪色。她不但詩寫了時間(黑夜到黎明)的演變,也巧妙地把這鳥聲視覺化。如果結合這截句的詩題和後兩行,我們可以從三個方面進一步來理解「滾動」在詩裡的意義。

第一,黑在「滾動」中由深至淺。

第二,這早起的鳥聲也伴隨著黑,不停地在「滾動」著,藉此形象地突出聲音由遠而近,又由近而遠的那種感覺。

第三,這滾動的黑/聲音與最後出現的「白」杜鵑在視覺上產生強烈的對比效果,一方面是說天已經亮了,可以清楚地看見白杜鵑,另一方面則是要藉此說原本無法看見的黑/聲音,現在可以看見了,所以詩的結束是這樣寫的「在窗前/被一株白杜鵑輓留」,這聲音並沒有隨著黑的漸淺而離去。

回到本文開始時轉引詩人所說的話:「我能寫出那種聲音嗎?」,答案當然是肯定的,她不只寫了出來,還讓我們「看見」她眼中這美妙的聲音。

文字錯置的詩意
——讀葉莎新詩截句〈老人〉

卡夫

讀這首詩可以看出詩人寫詩用字的功力。

〈老人〉

路將盡
腿也開始崎嶇
一生的傘已殘破
風也濕了

「崎嶇」在詩裡用的很富有想像力。如果寫崎
嶇的路將盡，那就平平無奇。其實這也應該是她原來

要表達的意思。「崎嶇」可以做兩種不同層次上的解讀。有些人老了，因為各種不同的原因，雙腿會彎曲，所以，這個「崎嶇」用的很形象。走在崎嶇的路上，腿也開始「崎嶇」，我們彷彿就看到一雙已呈畸型的腿一高一低吃力地走著……錯置了「崎嶇」，讓詩有了更多視覺的效果和思辨的空間。

為什麼「腿也開始崎嶇」呢？答案在第三行「一生的傘已殘破」。相互扶持，牽手一生的老伴先她而去，留下孤獨的一個她。原本不良於行的她，現在失去了依靠的肩膀，剩下要走的路，腿怎能不「崎嶇」呢？最讓人感傷的莫過於是「路將盡」。

「傘」在詩中的象徵意義不言而喻。一生給她遮陽擋雨的「傘」已破了，結果是連「風也濕了」。這種借物擬人的寫法，雖已超過客觀事實，但卻能給人更強的藝術感染力，加強了詩人所要表達的思想感情。風是透明的，而且還是來無蹤去無影，但卻都「濕」了，這不但渲染了她的風燭殘年，也給了我們更多聯想的空間。

　　我們也可以從另一個角度直接解讀「崎嶇」和「風也濕了」的關係。許多老人都因為年紀大了，得了風濕病，結果腿型漸漸變彎曲……詩人選擇用「崎嶇」來代替彎曲有畫龍點睛之妙，我們彷彿看到老人走的這一生道路並不平坦，充滿荊棘。

　　這首詩開始時很平淡，但第二行的「崎嶇」驚豔了我們的眼睛。第三行寫的很平實，卻為最後一行「風也濕了」做了很好的鋪墊，讓我們最後留下無限的驚嘆！

我只讓你讀殼
——讀葉莎新詩截句〈致讀者〉

卡夫

　　這是詩人一封「致讀者」的信。她希望讀者讀完後，能夠理解她寫詩的初衷。

　　〈致讀者〉

　　昨夜月光成串
　　我將一座海的滋味
　　仔細藏好
　　生為蚵，我只讓你讀殼

　　私以為讀詩的趣味在於不同的人讀同一首詩時，

可能會讀出不同的味道。作者不能把它的意義強加於人，也無需在意讀者的解讀是否接近原意。

我嘗試從這個角度讀這封信。「蚵」是詩人詩裡最常出現的一個意象。詩人也喜歡化身為她所鍾意的外物，自述志向。

詩第三行出現的「藏」把上下文連結在一起，是全詩的關鍵。生為蚵，藏的是「一座海的滋味」，這大概是人們愛吃蚵的原因。不過這裡要說的是寫詩，詩人不都是要把表達的詩意在詩裡「仔細藏好」嗎？這是生為「蚵」（詩）的意義。

任何人都可以說出這座海的「味道」，它的味道不會是單一的。但是，詩的最後卻是這樣寫的「生為蚵，我只讓你讀殼」。我認為「殼」裡藏著的正是詩人要表達的詩想。為什麼詩人「只讓你讀殼」呢？私以為可以從兩方面來理解它。

第一，她感嘆很多人讀詩，只能看到文字表面的意思，無法真正進入「這座被仔細藏好的大海裡」，所以她索性說只讓你讀殼，我彷彿感受到那種她在無

奈之下流露出來的憤怒。

　　第二，她說的是一種「反話」。她只給你殼，其實是在等待著有心人可以破殼而入，進入這座大海的內心世界，去瞭解為什麼月光能成串……

　　正因為她如此的處理，讓這封信有了更多思辨的可能。從「蚵」到「殼」，發音都類似「渴」，再結合詩最後一行來看，詩人寫詩的初衷呼之欲出，她含蓄地告訴讀者，其實是很渴望他們能夠來瞭解她的內在，她的內在藏著的大海，才是想讓讀者能認識的生命。

詩中有畫　畫中有影
——讀葉莎新詩截句〈梅花鹿〉和〈訪友〉

卡夫

　　葉莎是個詩人，也是個攝影家，現在開始習畫。詩人通過文字組成的「意象」來詩寫她所看見的世界。攝影家通過捕捉「光影」的變化及時留住瞬間發生的事。畫家藉著線條和色彩搭配的構圖重建她眼中的景物。無論是寫詩、攝影和畫畫，她們除了要有一雙能發現「美」和能捉住「美」的眼睛外，還要懂得如何選擇和善用最好的「視角」來讓我們看見她們所看見的世界。

　　在葉莎身上，詩、攝影和繪畫是相通的。她寫詩時，有時彷彿也在攝影，後來又好像在畫畫，尤其後二者更是難分彼此。本文正是嘗試從這個角度試讀她

葉莎^截句

的兩首截句。

〈梅花鹿〉

將曠野奔跑成風聲
有人記得梅花和小路
詩記得
牠疲倦的蹄子

〈訪友〉

櫻花沿路奔跑
我一路閃躲
好不容易來到你的小木屋
只見窗子嗡嗡的飛著

「將曠野奔跑成風聲」〈梅花
鹿〉和「櫻花沿
路奔跑」〈訪友〉分別是這兩首詩的第一行。從詩的

敘事眼睛來看，她在前者是個旁觀者，在後者則是以
「我」作第一人稱自述。從攝影的角度來讀，它們充
滿動感。她看見一群梅花鹿在曠野中奔跑，牠們奔跑
的速度很快，快到她只能聽見「風聲」，立即就舉起
手中的「相機」捉住這瞬間的一刻。無獨有偶的是，
當她坐車去訪友時，一路上迎面而來的櫻花彷彿也在
往前「奔跑」，其實櫻花沒動，是車在開動，而且速
度很快。

　　緊接著「風聲」的下一句是「有人記得梅花和
小路」，我彷彿看到由於梅花鹿跑得太快了，路上都
是牠們丟下的點點「梅花」，這是一幅充滿詩意的
「畫」。雖然後來梅花鹿跑到無影無蹤，可是「詩記
得／牠疲倦的蹄子」，詩就是葉莎，別人只記得梅花
和小路，惟有她記得牠「疲倦的蹄子」，言外之意自
然是不言而喻。

　　緊接著「櫻花」奔跑而來的下一句是「我一路閃
躲」，這是一種充滿詩意的動態攝影。最後她「好不
容易來到你的小木屋／只見窗子嗡嗡的飛著」，她用

「好不容易」來詩寫她一路閃躲的「辛苦」，給我們留下許多可以想像的空間。不只如此，她讓我們也看見畫裡「窗子嗡嗡的飛著」，她的風塵僕僕自然也是不在話下。

【卡夫簡介】

卡夫（1960-　），原名杜文賢，新加坡人，現任教職。1978年開始文學創作，前半生是一部小說，後半生似一首詩。目前是臺灣野薑花詩社、乾坤詩社和臺灣詩學成員。

臺灣詩學25週年　截句詩系05　PG1879

葉莎截句

作　　者/葉　莎
責任編輯/林昕平
圖文排版/莊皓云
封面設計/楊廣榕

發 行 人/宋政坤
法律顧問/毛國樑　律師
出版發行/秀威資訊科技股份有限公司
　　　　114台北市內湖區瑞光路76巷65號1樓
　　　　電話:+886-2-2796-3638　傳真:+886-2-2796-1377
　　　　http://www.showwe.com.tw
劃撥帳號/19563868　戶名:秀威資訊科技股份有限公司
　　　　讀者服務信箱:service@showwe.com.tw
展售門市/國家書店(松江門市)
　　　　104台北市中山區松江路209號1樓
　　　　電話:+886-2-2518-0207　傳真:+886-2-2518-0778
網路訂購/秀威網路書店:http://www.bodbooks.com.tw
　　　　國家網路書店:http://www.govbooks.com.tw

2017年9月　BOD一版
定價:200元
版權所有　翻印必究
本書如有缺頁、破損或裝訂錯誤,請寄回更換

國家圖書館出版品預行編目

葉莎截句 / 葉莎著. -- 一版. -- 臺北市：秀威
　資訊科技, 2017.09
　　　面；　公分. -- (截句詩系 ; 5)
　BOD版
　ISBN 978-986-326-461-3(平裝)

851.486　　　　　　　　　106014913

讀 者 回 函 卡

感謝您購買本書,為提升服務品質,請填妥以下資料,將讀者回函卡直接寄回或傳真本公司,收到您的寶貴意見後,我們會收藏記錄及檢討,謝謝!
如您需要了解本公司最新出版書目、購書優惠或企劃活動,歡迎您上網查詢或下載相關資料:http:// www.showwe.com.tw

您購買的書名:_____

出生日期:_____年_____月_____日

學歷:□高中 (含) 以下　　□大專　　□研究所 (含) 以上

職業:□製造業　□金融業　□資訊業　□軍警　□傳播業　□自由業
　　　□服務業　□公務員　□教職　　□學生　□家管　　□其它_____

購書地點:□網路書店　□實體書店　□書展　□郵購　□贈閱　□其他

您從何得知本書的消息?

　　□網路書店　□實體書店　□網路搜尋　□電子報　□書訊　□雜誌

　　□傳播媒體　□親友推薦　□網站推薦　□部落格　□其他_____

您對本書的評價:(請填代號　1.非常滿意　2.滿意　3.尚可　4.再改進)

　　封面設計____　版面編排____　內容____　文／譯筆____　價格____

讀完書後您覺得:

　　□很有收穫　□有收穫　□收穫不多　□沒收穫

對我們的建議:_____

_____

_____

_____

11466
台北市內湖區瑞光路 76 巷 65 號 1 樓

秀威資訊科技股份有限公司　　　收

　　　　　　BOD 數位出版事業部

....

（請沿線對折寄回，謝謝！）

姓　　名：＿＿＿＿＿＿＿＿　年齡：＿＿＿＿　性別：□女　□男

郵遞區號：□□□□□

地　　址：＿＿＿＿＿＿＿＿＿＿＿＿＿＿＿＿＿＿＿＿＿＿

聯絡電話：(日) ＿＿＿＿＿＿＿＿＿　(夜) ＿＿＿＿＿＿＿＿＿

E-mail：＿＿＿＿＿＿＿＿＿＿＿＿＿＿＿＿＿＿＿＿＿＿＿